# Der Fuchs. Die Drachen

## Wilhelm Busch

copyright © 2022 Culturea éditions
Herausgeber: Culturea (34, Hérault)
Druck: BOD - In de Tarpen 42, Norderstedt (Deutschland)
Website: http://culturea.fr
Kontakt: infos@culturea.fr
ISBN:9791041902170
Veröffentlichungsdatum: November 2022
Layout und Design: https://reedsy.com/
Dieses Buch wurde mit der Schriftart Bauer Bodoni gesetzt.
Alle Rechte für alle Länder vorbehalten.
ER WIRT MIR GEBEN

# Zwei lustige Sachen

## 1881

# Der Fuchs

Die Bäurin hat ein Huhn
erstochen
um Supp mit Huhn
davon zu Kochen.
Der Bauer sprach :
das giebt 'n Jux !
Mit diesem Huhn fang
ich den Fuchs !

Vor's Loch der Mauer
stellt er schlau
die Schlinge heimlich
und genau

Grad denkt der Fuchs:
Was ist zu thun?
Ich stehle irgendwo
ein Huhn!

Und wie er da was
        Gutes riecht
und durch das Loch der
        Mauer kriecht —
Oh weh! der Schreck ist
        nicht geringe —
Er hat das Huhn, ihn
        hat die Schlinge.
Schon kommt in froher
        Hast und Eile
der Bauer mit dem
        langen Beile

Indessen kroch und
Schlüpfte flugs
durch 's Loch zurück
der schlaue Fuchs.
Draus sitzt der Fuchs,
drin steht der Bauer,
dazwischen steht die
Gartenmauer.

Er steigt hinauf; er hat
von oben
Zum wucht'gen Hieb das
Beil erhoben.

Doch unbedacht, weil er
in Zorn,
zieht ihn der Hieb zu
sehr nach vorn.

Drin sitzt der Fuchs,
draus liegt der Bauer,
dazwischen steht die
Gartenmauer.

Er läuft nach innen
durch das Thor.
Das Ding ist wieder
wie zuvor.

Er sieht, es geht nicht
so allein;
drum fängt er heftig
an zu schrein:
Catrine, Catrine!
Komm 'raus, wir
haben ihne!!

Sie kommt begierig angerannt,
die Ofengabel in der Hand.
Jetzt, Meister Fuchs,
mußt du erliegen,
wenn Sie dich in die
Mitte kriegen.

Schnell fährt er auf
die Bäurin los.
Zu langsam war der
Gabelstoß;
Weh, aber, wenn sie
noch mal Sticht!

Der fuchs kehrt um und
wartet nicht. ~
Der Bauer faßt mit aller
Kraft
das Beil und zielt ge=
wissenhaft.

Trotzalledem zerhaut er
bloß
die Schlinge, und der
Fuchs ist los.
Der Fuchs beschleunigt
seinen Schritt
und nimmt auch noch das
Hühnchen mit.

Verdonnert sehen hinter=
her
Sowohl die Bäurin wie
auch Er.

Sie sahen, wie der Fuchs entrann;
dann sahen sie sich selber an.
Du dumme Gans!
sprach er zu ihr.
Du Schafskopf! nennt
sie ihn dafür.

**Die Drachen**

Schon seit mehren Wochen
haben
drei intim bekannte Knaben –
Fritz, Franz, Conrad hießen sie –
mit Verstand Geduld u. Müh
schöne Drachen sich gepappt
und zum Flug bereit gehabt,
so daß sie bis auf den Wind
mit der Sache fertig sind.

Endlich weht 'ne frische Briese,
und fort geht es auf die
Wiese.
Conrad wandelt an der Spitze,
dann kommt Franz und
schließlich Fritze.

Freund! – sprach plötzlich
Franz zu Fritzen –
Siehst du Zöpfel's
Äpfel sitzen?"

und als Fritze dies bejaht
schreitet man sofort zur That.
Doch was Conrad anbetraf,
der geht weiter klug und brav.

Trefflich gut ging die Geschichte;
Franz hat Zöpfel seine Früchte.
"Lirum larum!-dachte er -
Fritze hin und Fritze her!
Ich genieße was ich habe!"—
Damit ist der freche Knabe
grad als wäre nichts passirt
Äpfel essend fortmarschiert.
Saftig kann man's Knirschen hören.
Soll das Fritzen nicht empören??

Mit dem Fuße und mit Krachen,
gradesweges durch den Drachen,
giebt er Franzen rücksichtslos
einen wirkungsvollen Stoß.

Franz, der dieses krumm genommen,
Ist sofort herum gekommen.

Und es hebt sich und es saust
seine zorngeballte Faust
durch den vorgeschützten
　　　　　Drachen,
gleichfalls unter großem
　　　　　Krachen,
dergestalt in Fritzen's Nacken,
daß er meint, er muß
　　　　　zerknacken.

Jetzt sucht jeder sich zu
                decken,
und es wird so mit den
                Pflöcken,
wo die Schnur herum
                gewickelt;
emsig hin und her
                geprickelt.

Franz zuerst durch
Kühnes Wagen
trifft genau auf
Fritzens Magen.

Dafür sticht ihn
Fritz der flinke
in das Nasenloch
das linke.

So entspinnt sich auf die
Länge
ein direktes Handgemenge,
was zunächst und
augenscheinlich
für die Ohren äußerst
peinlich.

Dennoch wird der Kampf zuletzt noch am Boden fortgesetzt.

Grad kommt Zöpfel wie
gewöhnlich,
um sich wieder mal persönlich
und gewiß zu überzeugen,
daß sein Obst noch an den Zweigen.
Wer - ruft er - hat dies gethan??
Damit stockt sein
Sprachorgan.

Ha! jetzt wird er
grausam heiter.
Er entdeckt die beiden
Streiter.

Fritze kriegt den ersten
Schlag,
weil er am bequemsten
lag.

Und der Franz war schon
vergnügt,
daß er siegt und oben liegt;
bis die Peitsche wieder pfiff
und auch ihn empfindlich
Kniff.

Gern entronnen nun
die beiden,
um das Weitre zu
vermeiden,
wären nicht die nöth'gen
Beine
tief verwickelt in die Leine. –
Also folgt der Rest der Hiebe. –
Zöpfel thut's mit Luft
und Liebe.

Sorgsam sammelt hierauf
Zöpfel
Seine hochgeschätzten Äpfel.
Einer nur ist angenagt,
was jedoch nicht viel
besagt;
und so kehrt er hocherfreut
heim in seine Häuslichkeit.